KB203866

타오르는 영산강

문학들 시인선 031

문순태 시집

타오르는 영산강

문학들

차례

제3부 시간의 끝에서

제1부

영산강에 와서

영산강에 와서

〈타오르는 강〉 만나러
영산강으로 돌아왔다
너를 처음 본 순간부터
통증 같은 설렘으로
내 영혼 뜨겁게 타올랐다
멀리 떨어져 있을 때는
차마 붙잡을 수 없어
아득한 그리움으로
파도쳐 밀려오더니
네 곁에 다가온 지금
오래된 연인처럼
지친 몸 기대고 싶구나
함께 꿈꾸고 싶었던 그대여
끝내는 사랑이 병 되어
네 옆에 눕고 말았구나
이제 마음의 흉터 다독이며
너와 함께
미혹迷惑의 시간 속으로
하염없이 흐르고 싶구나

영산강을 따라 걷다

영산강을 따라 걷는다
갈 곳을 잃은 사람에게
강물은 길이 되고
동반자가 된다
강의 마음으로
낯선 길 따라 걸으며
때 묻은 시간 헹구고
헛된 욕심 흘려보내고 나니
원한도 미움도 물거품 되고
발걸음 바람처럼 가벼워진다
이제 서두르거나
미련 쌓아올리지 않고
강과 함께 걷는 것만으로도
내 삶은 더 깊고 푸르다
강을 따라 걷는다는 것은
날개 펴고 하늘에 올라
일곱 가지 무지개 빛깔
꿈을 쫓아가는 것

타오르는 영산강

오늘도 영산강은 오랜 상처
씻어내리기 위해
눈물 삼키며 타오르고 있다
땅 빼앗긴 농군들 통곡에
바람도 꽃들도 함께 타올랐다
슬픔으로 타오른다는 것은
뜨거운 역사의 숨결이자
끝없는 저항이고 몸부림이며
하늘을 향한 불꽃같은 염원이다
마한문화 꽃피웠고 왕건도 건넜으며
눈부신 개화 물길 열었던 영산강
그러나, 등대 불 꺼진 지 오래
떼지어 찾아들던 고깃배들 사라지고
콘크리트 댐에 숨결마저 막혔다
3백50리 물길 하늘빛으로 살리고
천년고도 나주 영광 되찾아
언제쯤 축제의 합창
다시 부를 수 있을까
영산강은 지금도 갈 길 멈추고
온몸 뒤척이며 아프게 울고 있다

새끼내 웅보 씨

나주 양진사댁 세습노비 웅보
자유의 몸 되어 쌀분이와 혼인하고
영산강변 새끼내에 둥지 틀었다
웅보 따라 몰려든 노비들도
함께 팽나무 심고 고향 만들었다
꿈은 쌀밥 한 번 배터지게 먹는 것
산다는 것은 굶지 않는 것
끝까지 이 땅에 살아남기 위해
하늘과 싸우며 강둑을 쌓았다
목숨 걸고 일군 땅 빼앗기자
강에 뛰어들어 꺼이꺼이 울었다
사람답게 살고자 했던 그는
역사의 어둠 속 귀퉁이에
질경이 되어 뿌리내리고
풀잎처럼 흔들리며 살다가
민들레 홀씨 되어 날아갔고
씨앗들 영산강변에 흩어져
태극기 힘차게 펄럭이는
바람으로 다시 일어섰다

아침 영산강

세상만사 뒤엉킨 머리칼
하늘 아래 가지런히 풀어
푹신한 안개 이불 친친 감고
꼬불하게 모로 누워
깊이 잠 들었구나

햇살 무리지어 쏟아지고
물새 떼 날아들자
기지개 켜고 온몸 뒤척이며
은빛 알몸 눈부시게 드러내는
농염濃艶한 내 연인이여

강변에서 울다

나는 오늘도
목놓아 울기 위해
강으로 간다
슬퍼서가 아니다
외로워서도 아니다
잃어버린 나를
찾기 위해서다
한바탕 울고 나면
초록빛 새싹보리 같은
유년의 내가 강물 위에
물안개처럼 피어오른다

영산강 바람

봄바람 간지러운 아침
홀로 강둑을 걷는다
벚꽃 후루루 날리자
영산강이 물비늘을 세웠다
바람이 바람을 살려
황포돛배 띄우고
강이 강물을 살려
숨결 출렁거리듯이
내가 나를 살린다는 거
이제서야 알 것 같다

영산강에서 무등을 보다

오늘도 나는 영산포 선창에서
무등 찾아 꽃밭 딛고 서 있다
젊은 날 서석대에 올랐을 땐
은빛 영산강이 나를 불렀는데
오늘은 강가에서 눈 부릅떠도
슬픔에 젖은 무등 볼 수 없구나
나는 왜 늙어갈수록
미치게 무등이 보고 싶은 걸까
어둠에 더 묻히기 전에
숨이 차도록 뛰어가서
나를 키운 무등에 안기고 싶다

드들강에서 무등을 안다

애타게 무등이 보고 싶어
강을 거슬러 뛰어갔다
높은 언덕에 오르면
한눈에 볼 수 있겠지만
강에서만 보고 싶었다
산은 낮은 곳에서 올려봐야
더 간절한 마음으로
다가갈 수 있기 때문이다
카페 '강물 위에 쓴 시'
2층에서 커피 마시는 순간
꿈속 어머니 같은 산이 불쑥
갈맷빛 머리를 내밀었다
나는 창문을 열고 환성을 지르며
힘껏 천왕봉을 보듬었다
묵은지 같은 어머니 냄새가
아프도록 나를 감쌌다

영산교를 건너며

휘청거리며 영산교를 걷다가
자동차 클랙슨 소리에 놀라 멈췄다
차라리 둔치 풀밭에 누워
속삭이는 강물 소리나 들을까
스무세 살 때 한 여자를 찾아
여기 왔을 땐 뜨거운 심장이
강물 되어 나를 덮쳤다
허수아비처럼 늙어버린 지금
강물에 흔들리는 초라한 그림자에
메마른 가슴 젖고 말았다
나는, 어제도 오늘도
휘청거리며 혼자 다리를 건넌다

달빛 젖은 영산강

바람 부는 밤 강물 위에서
보름달이 트위스트를 춘다
월출산 너머에서
꽃향기 앞세우고 달려온 바람
갑자기 숨결 드세어지자
달빛은 산산이 부서져
꽃잎처럼 흩뿌려졌고
내 마음 허공으로 날렸다
달빛 품은 영산강은
빈센트 반 고흐 그림처럼
바람과 함께 춤추고 있다

영산포 선창에 서서

뱃고동 소리 울리지 않고
생선 비린내도 사라지고
황포돛배마저 깊이 잠들어
고즈넉한 선창가
떠난 사람들을 위해
손 흔들어주고 싶은 오늘
마지막 귀착지에서
나는 또 길을 잃고 말았다
참 그렇지, 삭힐수록 깊어지는
사랑의 추억 찾아가야지
나는 오늘도 선창에 나가
강바람에 실려 오는
햇살 같은 그대 기다린다

강물

강물은 왜 낮은 곳으로 흐르는가
낮은 곳에서 더 낮은 곳으로
쉬지 않고 흐르면서
마음과 마음을 맺어주고
숨결과 숨결을 이어주다가
마른 땅에 머물며 숨을 고른다
대지의 숨결에 귀 기울이며
낮게 흐르고 또 흐르면
세상이 눈높이로 낮아져
서로 마주 볼 수가 있을 테니까
마주 보고 웃으며 손잡고
함께 갈 수 있을 테니까
낮아질수록 물빛 사랑
더욱 깊어질 테니까

강은 흐르는 것만 아니다

멀리서 바라보면 강은
스스로 흐름을 멈추고
은하수처럼 허공에 떠 있다
참 그렇지
강은 흐르는 것만이 아니지
고여 있기도 하고
스며들기도 하면서
물속과 땅의 생명들
손잡아주고 속삭이지
가슴 큰 대지의 어머니처럼
물고기들 보듬어 키우고
꽃밭도 쓰다듬어 가꾸지
그러므로 강은
흐르기 위해서만
존재하지 않는다

멀리서 강을 보다

강은 멀리서 바라볼수록
곡선曲線의 발자국이
푸른 오솔길처럼 아름답지만
흐르는 강물 가까이서 보면
끝없는 싸움이 이어질 뿐이다
서로 붙들고 얼크러져
소리치고 할퀴고 무너뜨리며
스스로 강해지려고 몸부림친다
그러므로 강은
적당한 거리를 두고
직선보다 곡선을 찾아
여유롭게 바라보는 것이 좋다
그렇다고 강을 등지고
애써 돌아설 일은 아니다

영산강아, 문 열어라

영산강아, 문 열어라
고깃배 몰려온다
등대 불 밝히고 춤을 추어라
하늘도 물길 막지 않았는데
왜 부질없이 흐름을 거역하는가
담양 가막골에서 목포 하구언까지
삼백오십 리 길 쪽빛 물길 열고
휘몰이가락으로 노래하라
억겁을 변함없이 흘러온 강
본디 모습 그대로 두어도
유장悠長하게 흐를 터
어리석은 사람들아
허리 자르고 숨결 틀어막지 마라
답답해서 질식할라
영산강아, 고기 떼 몰려온다
이제 그만 깨어나서
문 활짝 열고 북소리 울려라

흐르는 것은 사라지는 것이 아니다

가야산 옆구리 암앙바위 휘돌아
가물가물 사라져가는 끝자락
두 눈 부릅떠 바라보고 서 있다
한번 흘러가면 다시는
돌아오지 않는 것이
강물이라고 했던가
바람은 그 끝을 알 수 없고
사랑도 식으면 물거품 된다고
누가 말했던가
아니지, 그건 아니지
모든 것은 흔적으로 되돌아오지
강물도 바람도 사랑도
흔적으로 우리 곁에 남지
영원히 사라지는 것은 없지
때로는 강물이 구름으로
구름은 비바람으로
사랑은 은혜로 돌아오기도 하지
그러니까 흐르는 것은
사라지는 것이 아니지

인생은 강을 건너는 것

나는 오늘도
홀로 영산강을 건너고 있다
강을 건넌다는 것은
또 다른 세상을 만나는 것
떠나가는 사람도
돌아오는 사람도
함께 가슴이 뛴다
강을 건너는 것은
사랑을 찾아가는 것
인생은 강을 건너
낯선 사람을 만나고
사랑하고 헤어지고
그리움에 병들어
외롭게 늙어가는 것
마지막 강을 건너는 것은
아무도 만날 수 없다는 것

영산강에서 세수하다

아침 햇살처럼 심신 가지런한 날
영산강에 발 담그고 허리 구부려
꾸벅꾸벅 세수를 한다
차가우면서도 보드라운 경험
촉감이 뇌쇄적惱殺的이다
강물 얼굴에 닿는 순간
혼자 애태우며 좋아했던 여인
다독이며 쓰다듬는 황홀감에
마침내 하나된 듯 설레었다
내가 어디에 있거나
영산강은 은빛 그리움으로
출렁이며 다가왔다
강을 바라볼 때와 세수할 때
체감으로 느끼는
존재의 무게가 달랐다
아, 유년 시절 아침마다
눈 비비고 나가 세수했던
내 고향 구산천九山川에
마지막으로 가 보고 싶다

강물의 변신

멀리서 강을 바라보면
액자 속 풍경화처럼
꿈꾸듯 잠들어 있다
그러나, 가까이서 들여다보면
머무는 순간에도 요동을 친다
강물이 흐르는 것은
거듭나기 위한 끝없는 몸부림,
그러므로 어제의 강은
이미 오늘의 강이 아니다
강은 늘 한결같아 보이지만
그 자리에 머물러 있으면서도
소리 없는 흐름을 통해
순간마다 새롭게 변신한다
나도 흐르는 강물처럼
어제의 내가 아닌
오늘의 나로 살아가고 싶다

영산강 오유권 선생님

1959년 갈대 꽃 불불 날리던 날
소년은 기차 타고 영산강에 왔다
소설가 꿈꾸던 가난한 고3 학생
영산포 우체국으로
오유권 작가를 찾아갔다
퇴근 시간 기다렸다가
두 손에 소줏병 든 선생님 졸졸 따라
영산강 둑에 나란히 앉았다
선생님은 혼자 소줏병을 기울였고
소년은 노을이 타는 강물만 바라보았다
"영산강을 알면 소설이 보인단다"
선생님은 그 말 남긴 후
세월 따라 강물 따라 흘러갔고
소년은 영산강 우는 사연 알기 위해
다 늙어서야 다시 여기 왔다

모두먹기 떼

3년 가뭄에 영산강마저 바닥나자
굶어 죽지 않으려고 집을 떠났다네
메마른 흙먼지 날리는 길바닥에
아사자餓死者들 낙엽처럼 쌓였네
배고픔에 눈물마저 말라붙어
못 본 척 눈 감을 수밖에 없었다네
종일 죽 한 모금 못 얻어먹자
죽어도 같이 죽자고 손에 손 잡고
한 덩어리로 뭉치기로 했다네
열이 모이고 백 명이 넘으니
우우우 광풍처럼 일어나
부잣집 대문 밀치고 몰려갔고
닥치는 대로 먹어치웠다네
이 마을에서 저 마을로
메뚜기 떼처럼 먹어 치워
모두먹기 떼라 불렀다네
하늘도 이들을 막지 못했다네
눈물 젖은 채 살아 돌아와 보니
고향 하늘은 흙먼지로 뒤덮였고

조세 독촉장이 기다리고 있었다네
도도히 흐르는 영산강물 보고서야
사람이 되어 정신 차린 그들은
목이 터져라 함성을 질렀다네

제2부

홍어

홍어의 꿈

먼 바다 심연의 밑바닥에서
예고도 없이 내게 온 너
푸른 고향 못 잊어
눈 감아버린 거니
햇살 번쩍이는 지상에 나와
마지막 소망이었던
넓은 날개 활짝 펼 날
애타게 기다리는 거니
그만 어둠의 긴 잠에서 깨어나
어릿광대처럼 한번만 웃어다오
죽어서야 비로소 꿈을 꾸고
향기로 다시 깨어나는
너의 세상은
어디가 시작이고 끝인지
내게만 속삭여다오

치아를 뽑다

80 평생 내 삶을 지탱해준
썩은 기둥을 두 개나 뽑았다
홍어 씹을 수 없는 아쉬움에
종일 방에 갇혀 숨을 죽였다
세월이 흐른다는 것은
기억의 빛깔이 닳고 난 흔적
매화가 지면 목련이 피고
복사꽃 피면 목련이 지듯
다른 색깔의 꽃이 피고 지는 것
다시 꽃을 피우기 위해서는
생살 도려내는 아픔 온다는 걸
왜 미처 몰랐을까
사랑했다고 말하고 싶은데
아쉬움 너무 커 눈을 감는다
아, 어금니 뽑고 나서
은둔하듯 문 굳게 잠그고 있어도
홍어 향기 바람 타고 달려온다

홍어 불고기

어금니 두개를 뽑은 후
한동안 홍어를 씹을 수 없어
그림자 되어 흐물흐물 살았다
거리마다 홍어 떼 춤추고
유혹의 눈길 달라붙어도
못 본 척 고개 저었다
끝내 더는 참을 수 없어
홍어를 구워 먹었다
충격적이면서 순종적인 이 맛
부드러움 속에 강렬함이 솟구쳐
입과 코와 목구멍에서
미사일급 폭탄이 터졌다
그 후, 삶에 지치거나 우울할 때
홍어 불고기의 도전적인 맛으로
보다 뜨거운 행복 씹을 수 있었다

"나 홍어 알 먹어 봤다"

"홍어 알 먹어 봤냐?"
정갈한 봄날 홍어애탕을 먹다가
친구가 나를 조롱하듯 물었다
코와 애, 껍질, x도 먹어 봤는데
내가 어쩌다 알을 놓쳤지?
하긴 내 인생에서 놓친 게
어디 하나둘뿐이겠는가
사랑도 놓치고 우정도 놓쳤지
그해 가을, 영산포서 친구들과
나주 쌀 한 가마 값 주고
5년생 암치를 사서 배를 갈랐다
홍어 등짝에 바짝 달라붙은
갈색 연잎 모양 쌈지 두 개
알집마다 둥글고 흰 알 네 개와
난황색 액체가 들어 있었고
우리는 미친개처럼 떠먹었고
찰리 채플린 표정을 지으며
"홍어 알 먹어 봤다"고 외쳤다
홍어 알을 먹는다는 것은

낯선 경험을 잉태하는 것
칙칙했던 기억이 부끄럽다

홍어 날개를 씹다

어금니 임플란트를 하고 나서
오랜만에 홍어 날개를 씹는다
씹을 수 있다는 것은
아직 살아 있다고 소리치는 것
질겅질겅 잘근잘근
오래 씹을수록 날카로운 향이
송곳처럼 뜨겁게 파고든다
세상만사가 다 그렇듯
오래 씹으면 쓴 것도 달달해지는 것
씹을수록 맛과 향이 깊어진다
그동안 어찌 참았을까
세상에서 가장 질긴 건 외로움
그래서, 아무도 없다고 느낄 때
나는 홍어 날개 혼자 씹는다

홍어가 썩지 않는 이유

나는 홍어가
꽃으로 피어나는
비밀을 알고 있다
바짝 엎드려 사는 홍어는
강한 수압 때문에
생식기로 배설을 못 한다
피부로 스며든 암모니아는
알칼리성 물질로 바뀌면서
세상에 없는 맛과 향기를 뿜는다
아름다운 장미꽃 덩굴에서
날카로운 가시가 돋고
오래된 된장에서 벌레가 생기듯
홍어는 죽어서 발효의 꽃을 피운다
늙어서 배뇨가 시원찮은 나도
홍어가 되는 것은 아닐까

홍어가 생각나거든

내 사랑 다 주고 싶어도
남은 시간 별로 없네
나 떠난 후라도 그대여
사랑이 고프거든
내 이름 불러주게나
눈보라 치는 외로운 날
일곱 가지 맛과 향기
홍어가 생각나거든 그대여
막걸리 한 병 사 들고
영산포로 달려오게나

홍어 한 점

코로나로 일상의 관계
어둠 속으로 무너져 내리고
경계의 벽 더욱 높아지니
홍어 한 점 간절하구나
80 평생 내 생애에서
가장 참기 어려웠던 것은
배고픔도 괴로움도 아닌
손잡을 사람 하나 없이
단절된 일상의 외로움
푹 삭힌 홍어 향기에 젖으면
깊이 잠든 무력감으로부터
파르르 눈 뜰 수 있을 텐데

사람과 홍어

어느 순간부터서인가
사람이 사람으로 보이지 않았다
코뿔소로 보이는가 하면
독수리로 보였다
어느 순간부터서인가
홍어가 홍어로 보이지 않았다
어릿광대나 연꽃으로도 보였다
사람이 그리울 때만
사람이 사람으로 보였고
톡 쏘는 자극이 필요할 때만
홍어가 홍어로 보였다

홍어의 연화 작용

늦가을 빳빳한 미나리도
홍어탕 속에 들어가면
흐물흐물 고개 숙이고
꽃대 올라온 부추도
홍어탕과 만나면
산골 소녀처럼 수줍어한다
꽝꽝 얼어붙은 내 몸에
홍어 들어오면
나 또한 물렁물렁해지니
홍어가 진정
칼날 같은 이 세상
부드럽고 온유하게
연화軟化시킬 수 있을까

된장과 홍어

아, 된장 같은 홍어 맛
홍어 같은 된장 맛
저마다 항아리 속에서
발효의 고통을 겪었고
맛과 향이 서로 다르지만
무엇과도 잘 어울려 섞이고
한 번 동화된 후에는
본디 맛이 더 강해져
여운으로 오래 남는다
된장 빚던 할머니의
외로운 그림자 뒤에
차가운 새벽바람 타고
흑산 앞바다로 출항하는
어부의 뒷모습이 외롭다

홍어 생각

너에 대한 간절함을 끊고
몇 날이나 더 버틸 수 있을까
코 막고 혀끝 감추고
하루 이틀, 사흘이나
참고 견뎌낼 수 있을까
눈을 뜨면 날카로운 향기
온몸 휘감으며 충동질하고
눈 감아도 예고 없이 밀려오는
꿈같은 유혹의 날개여
집착의 몸부림이여
나는 오늘도 너를 잊어 보려고
발걸음 멈추어 보지만
망설이고 또 망설이다가
끝내 홍어거리로 향하고 말았다
너에 대한 나의 사랑은
멈출 수 없는 핑크빛 불꽃
그리움이 크니
향기도 더 깊어지네

홍어 집 복사꽃

기다리다 지쳐 죽으면
동구 밖 망부석 되고
보고 싶은 사람 못 보면
흐느끼는 칼바람 되고
가고 싶은 곳 못 가면
하늘 끝까지 나는 기러기 되고
기도해도 이루어지지 않으면
가슴앓이 돌탑 된다는데
홍어 못 먹어 감질난 나는
홍어 집 마당 한구석에
복사꽃으로나 필거나

홍어는 어울려 먹어야

혼자 먼 길 떠나는 사람은
주저앉고 싶도록 외로워
자꾸만 뒤돌아보고
혼자 홍탁 즐기는 사람은
술잔 나눌 누구 없나
주위를 둘러보게 된다
떠나는 사람은 동반자를 구하고
술잔 든 사람은 친구를 찾고 있다
기다렸다가 함께 가면 동행이 되고
여럿이 어울려 홍어를 먹으면
친구가 된다는 것을 알고 있기에

홍어에 대한 간절함은

이 간절함은 어디서 오는가
마지막이라도 좋아라
안타까운 그리움으로
오래된 기억 더듬으며
애태우는 기다림,
잘 삭힌 홍어 한 점 생각날 때
이 뜨거운 목마름은
기다림의 끝자락에서
톡 쏘며 피어나는
한 떨기 진한 꽃향기 같은 거

수족관에는 홍어가 없다

횟집 수족관에는 왜 홍어가 없을까
시멘트 통에 갇힌 굴절된 삶이 싫어
아무도 볼 수 없는 어둠 속에 숨었을까
연鳶이 되어 하늘로 날아간 것일까
물고기는 수족관에서 죽음을 꿈꾸고
사람들은 한평생 욕망에 갇혀 살아가고
홍어는 항아리 속에서 발효를 기다린다

가오리탕을 끓이다

대숲 소리에 잠 못 이룬 다음 날
소소한 행복 맛보러 오일장에 갔다
어물전에는 홍어 대신 가오리뿐이었다
닮은 외모만 믿고 한 마리 사 들고 와서
된장 풀고 미나리 듬뿍 넣어 탕을 끓였다
집 안을 장악한 냄새에 설렘 주체 못 하고
한 입 맛보고 나서 두 눈 질끈 감은 채
'흑산도 아가씨'만 목이 마르도록 불러댔다
아, 생김새는 닮아도 가오리는 가오리구나

내가 목이 마른 이유

외로울 때 목마른 이유는
망각의 저편에 그림자로 서성이는
그리운 사람들 소식 알고 싶어서다
꽃들은 저마다 홀로 피고 지는데
꽃보다 연약한 것이 사람이던가
혼자라는 것 때문에 마음이 시려
꽃발 딛고 서서 애타게 기다린다
네가 옆에 있으면 분홍빛 향기 좇아
떠나간 사람들 하나둘 돌아오고
시든 꽃들 다시 피어날 것만 같다

제3부

시간의 끝에서

시간의 끝에서

나는 오늘도 청소를 한다
평생 가득 가득 채운
쓰레기통을 비운다
홀로 등불 켜고 앉아서
영혼 숨겨둔 책상 서랍을 치웠다
가야 할 길 안내해준 책도 태우고
꿈이 닳도록 끝없이 헤맸던
낡은 구두도 땅에 묻었다
욕망으로 넘친 연못을 메우고
봄이 와도 꽃이 피지 않는
늙은 매화나무도 뽑아버렸다
미치게 사랑했던 흔적들은
뽑고 메우고 비우고 태워도
묵은 때 벗겨지지 않고
슬픈 기억의 얼룩만 더 깊어진다
더 이상 쓸고 닦는 건 부질없는 일
남은 시간 별로 없는데
언제쯤이면 청소 끝낼 수 있을까
이 고달픈 삶의 마지막 청소

한바탕 꿈

어둠 속을 걷는다
별들마저 숨어버린 밤
끝도 없는 허공을 헤맨다
하늘이 땅 되고
땅이 하늘 되니
천지를 분간할 수 없는
미혹의 시간 속에서
내 손을 붙잡아준 것은
언제나 어머니였다
꿈에서 깨어 보니
아직 어둠이 깊다

눈 감고도 살 수 있다

그동안 나는 두 눈 짓부릅뜨고
앞사람 뒤통수만 겨냥하며 살았다
총구처럼 눈빛 싸늘한 도시
그곳에서 살아남기 위해
나보다 앞서가는 사람들
잔인하게 쓰러뜨려야만 했다
늙어 고향에 돌아온 지금은
눈을 감아도 세상이 밝다
가까운 곳에 그리운 것들이
들꽃처럼 피어 있기 때문이다
산비탈 깽깽이꽃과 아그배나무
앞집 봉구아재 뒷집 순자 누님
고향에 돌아와 살면서부터
칼날 세워 경계하지 않는다
사랑으로 품어야 할 것들이
뜨겁게 엉켜 서로 다가서니
눈 감고도 살 수 있으므로

내 그림자

누가 내 그림자 밟고
머물다 갈까 두렵다
내가 머문 자리에서는
향기 대신 썩은 냄새만 나고
남루한 내 삶의 껍질들
허물 되어 땅에 깔리는데
행여 달빛 밟고 따라오다가
허망의 늪에 빠질까 걱정이다
지금까지 내 삶은
홍탁 한 사발에 행복했고
햇살 좋은 날 커피 한 잔이면
영혼까지도 춤을 추었다
그러므로 나 떠난 뒤에
내 그림자 찾으려거든
홍탁과 커피 한 잔 내려서
그림자 없는 뜰에 앉아
슬픈 전설의 꽃 다시 필 때까지
기약 없이 기다려 볼 일이다
아, 빛깔도 향기도 없이

시간의 끝자락에 서성이는
슬픈 나의 그림자여
이제는 너마저도 두렵다

자화상

자화상을 그려놓고 보니
바보 할아버지 되었고
할아버지를 그려놓고 보니
표정 없는 돌부처 되었고
부처님 그려놓고 보니
진홍빛 연꽃으로 피어났고
백련화 그려놓고 보니
꽃구름 사이로 시들어버렸다

마지막 길

이 길 끝까지 따라가면
그대 다시 만날 수 있을까
마지막 타오르던
황혼마저 사그라지자
길을 잃을까 두렵다
이제 내게 새벽은
다시 오지 않을 터
행여 누가 내 이름 불러도
뒤돌아보지 않겠다
평생 움켜쥐었던 두 주먹
하얗게 펴고 나니
발걸음마저 가볍다

늙은 시인

노을빛 속으로
늙은 시인 걸어가고 있다
구부정한 뒷모습이 무겁다
낙엽 흩날리는 소리에
잠시 발걸음 멈추었지만
뒤돌아보지는 않는다
다시 돌아올 수 없는 길
지나간 발자국마다
회한悔恨의 눈물만
차갑게 얼어붙는다

길을 잃다

늙어갈수록 길을 잃을 때가 많다
그때마다 한 발짝도 옮기지 못하고
평생 헤쳐 온 희미한 족적 돌아보면
길목마다 한숨이 눈물처럼 흥건하다
젊어서 길 잃었을 땐 뒤돌아보지 않고
하늘 끝만 바라보며 다시 뛰곤 했었다
지금은 먼 길 돌아갈 수도 없으니
아무 데나 주저앉아 눈 감고 싶다
어디선가 불어오는 거친 바람 소리
온몸 흔들리며 발걸음 옮겨 보지만
어느덧 어둠이 눈앞을 가린다

넥타이

올해는 한 번도 넥타이를 매지 않았다
생각해 보니 팔순이 되면서부터
넥타이 맬 일이 없었다
세상의 벼랑 끝으로 밀려난 것 같아
두려움과 외로움에 어깨가 무너졌다
한땐 색깔 고운 넥타이 졸라 맨 채
개처럼 끌려다니는 것을 즐기기도 했다
오랜만에 빨간 넥타이 매고
혼자 읍내 카페에서 커피를 마셨다
아무도 나를 거들떠보지 않았다
집에 돌아와 넥타이를 모두 태웠다
바람에 흩어지는 보랏빛 연기와 함께
회한의 땀 냄새가 뼛속으로 젖어들었다

낡은 구두

신발장 구석에 처박힌 낡은 구두를 꺼냈다
밑창이 뜯겨지고 코가 납작해진 검정 구두
주름진 내 영육靈肉의 껍질을 닮았구나
왜 아직까지 버리지 못했을까
결혼 30주년 때 아내가 사준 선물
이 구두 신고 큰딸 대학 입학식에 갔고
아들 결혼식 때는 비까번쩍 광을 냈었지
이 구두 신을 때는 붉은 넥타이를 맸지
깊은 숨 들이켜 냄새를 맡아 보았더니
매화 꽃가루 향기가 콧속을 후볐다
오랜 시간 흙먼지 속에서 발효된,
삶에 지친 그리운 향기여
나는 끝내 구두를 버리지 못했다

노부부의 산책

노부부가 낙엽 밟고
노을 속으로 나란히 걷고 있다
힘주어 손 잡아 보지만
소슬바람에도 온몸 흔들흔들
잠시 걸음 멈추고
허리 펴며 뒤돌아보니
걸어온 길은 아득히 멀고
내리막길은 가파르다
두려워도 조금만 더 가 볼까
이제 그만 포기하고 말까
여기서 주저앉게 되면
영원히 일어서지 못할 터
노부부는 불안한 눈빛
주고받으며 한참을 망설인다

안경을 벗다

나는 사람을 만날 땐 안경을 벗는다
마음으로 마음을 읽고 싶기 때문이다
사람은 보는 것이 아니라 만나는 것
가까이서 눈으로 심장을 들여다보고
코로 그 사람의 향기를 맡고
귀로 굴절되지 않는 숨소리를 듣고
입과 입으로 말을 주고 받아 봐야
진정 그가 누구인가를 알게 되어
비로소 뜨겁게 손잡을 수가 있다
그러므로 나는, 사람이 아닌
차가운 세상을 바라볼 때만
도수 높은 안경을 쓴다

중절모 쓰고

중절모 눌러쓰고 집을 나선다
빨간 넥타이 단풍잎 희롱하고
위압적인 내 헛기침 소리에 놀라
산까치들 후두둑 도망을 친다
높아진 콧대에 허리 꼿꼿해지자
젊었던 시절의 호기 되살아나고
위풍당당 으스대고 싶은 허세에
마을 안길 꼬나보지만 아무도 없다
내가 무서워 모두 숨어버렸을까
운두만큼 높아진 자만심 주체 못 해
홀로 눈 부릅뜨고 서성이고만 있다

무엇을 남기고 갈까

누군가는 약수터에 매화나무를 심었고
법정 스님은 「무소유」를 남겼고
친구 이성부는 「무등산」 시를 남겼다
세상에 널리 알려진 아무개는
이름과 함께 향기도 없는
욕망의 쓰레기만을
산처럼 쌓아놓고 갔다
그런데 나는 무엇을 남길까
내 이름 머지않아 잊힐 것이고
추억을 남기자니 이내 증발할 터
못 다 이룬 꿈 조각들이나 찾아
영산강 물에 띄우고
홀연히 떠날까 부다

붕어빵

배고팠던 고교 시절
책가방 잡히고 먹었던 붕어빵
80이 넘은 지금도 군침이 돈다
피자나 핫도그보다 맛있고
햄버거보다 손이 먼저 간다
눈물 젖은 추억 때문이다
눈 내리는 날 붕어빵은
따끈따끈한 행복의 맛
붕어빵 한 봉지 사 들고
집으로 돌아가는 길에
세상 떠난 붕어빵 친구들 생각에
나도 모르게 목이 메었다

늙으니 눈물이 많아져

다 늙어서 왜 눈물이 자주 날까
오늘 아침, 손자한테서
85회 생신 축하 전화 받고 울컥했고
달빛에 물든 노란 은행잎 보고
가슴 흥건하게 젖어왔다
오랜만에 늙은 고향 친구 만났을 때도
아들 차 타고 아내랑 바다에 갔을 때도
눈물 참느라 두 눈 질끈 감았다
아프거나 슬플 때보다
행복하고 마음 뿌듯할 때
울컥울컥 눈물 맺히는 이유는 뭘까
마지막이 될까, 아쉬움 때문일까

내 인생 노래 스무 곡

내 인생 노래 스무 곡을
USB에 담아 차에 꽂았다
사랑에 눈뜬 20대엔 온몸 흔들어대며
엘비스 프레슬리의 '러브 미 텐더'를
내 마음 태양처럼 이글거리던 30대에는
암스트롱 '섬머 타임'을 목청껏 불러댔고
암울했던 40대엔 '목포의 눈물'과
강단에서 소설을 이야기했던 50대는
사라 브라이트만의 '넬라 판타지아'
인생이 뭔지 말하고 싶었던 60대에는
이소라의 '바람이 분다'가 좋았다
늙어간다는 것을 깨달은 70대부터
'봄날은 간다'를 흐느끼듯 불렀고
친구들이 떠나기 시작한 80대 들어
니나 시몬의 '떠나지 마'를 들을 땐
자꾸만 부옇게 눈앞이 흐려졌다
노래를 들으며 운전할 때는
나도 모르게 속도가 느려졌다
반은 슬프고 반은 즐거웠던 내 인생
흘러간 노래 한 곡처럼 참 짧구나

전화번호를 지우며

배롱꽃 피는 한여름 오후
감나무 그늘 밑 평상에 앉아
전화번호 지우려고
휴대폰을 꺼냈다
앞서 간 친구들
두 번의 이별 너무 아파
한참 동안 눈 감고 망설였다
그 목소리 다시 듣고 싶어
몇 번이고 번호 누를 뻔하다가
바람에 날리는 꽃잎만 바라보았다

제4부

5월의 그대

사랑의 편지

죽어서도 사랑하지 않기 위해
당신을 잊기로 했습니다
당신을 잊지 못한다면
나는 하루에 한 번씩
죽을 수밖에 없습니다
검게 타버린 가슴에
봄비 내리기를 기다리며
이젠, 숨을 고르겠습니다
사소한 일에 칼날 세우고
전쟁 치르듯 몸을 떨었던 날들
이젠, 나를 진정시키기 위해
얼음처럼 냉정해지겠습니다
피 흘린 상처 쓰다듬으며
지난날의 그리움을
눈물로 녹이며 살아가겠습니다
이젠, 다시 죽지 않기 위해
당신을 아주 잊겠습니다

그대 없는 아침

바람이었을까요
속삭이듯 낮은 목소리로
나를 깨우던 미소는
어디로 사라졌을까요
아무도 없는 새벽, 나는
나뭇잎 하나 흔들리지 않는
적막 속에 잠들어 있습니다
바람이라면 다시 불어와
나를 흔들어 깨워 줄까요
그대 없는 아침에는
미치게 푸른 나뭇잎들만
창가에 스쳐갈 뿐
세상은 텅 빈 듯 적막합니다

5월의 그대

철쭉꽃 피는 5월이면
눈물 젖은 그대 생각에
뼛속까지 저리고 슬프다
무등산 비둘기이거나
날선 은장도 같은 그대
별이 되어 떠나갔지만
아직 우리들 기억 속에
시퍼렇게 숨 쉬고 있다
금남로 광장에서 손잡고
함께 임을 노래했던, 그대
그리워하는 것만으로도
오늘, 이 땅의 우리에겐
눈부신 축복이다

소쇄원에서

봄바람 살랑 불어 댓잎 소곤대는 날
양산보 선생 만나러 소쇄원에 갔다
광풍각에 걸터앉아 깜박 졸고 있는데
꿈속에서 아련히 들려오는 발자국 소리
개울물 떨어지는 소리, 글 읽는 소리…
양 처사 그림자 밟고 봉황대에 올라
하염없이 봉황 날아들기를 기다리는데
오동나무 가지에서 까마귀만 슬피 울고
죽어서도 봉황을 기다리는 사연 알고파
소쇄원 찾았으나 아는 이 아무도 없네

보고 싶은 마음

그대
눈 뜨고 있어도
온몸 넘치게 흐르는
뜨거운 사랑의 강물
4월의 꽃향기처럼
눈부심으로 눈부심으로
스며드는 아침
참아온 시간의 깊이와
그 무게만큼 쌓여 흐른다
소리 없이 다가오는
바람이라도 좋아라
꽃이 아니라도 좋아라

당신이 술 마시는 이유

나는 당신이
술 마시는 이유를 안다
간절한 목마름으로
살아온 허기진 세월,
그러나 당신이 마시는 것은
술이 아니다
앙상한 가지 끝에
한 마리 작은 새
날아오기를 기다리며
가슴 태우는 당신,
밤마다 불면의 몸을 떨며
마시는 것은
차디찬 그리움에 대한
간절한 기도
마셔도 마셔도 취하지 않는
진한 슬픔의 향기

빈 꽃병

내 화병에 꽃이 시든 지 무척 오래되었습니다. 많은 세월이 흘렀다는 것을 까맣게 잊고 있었습니다. 그러나 내 화병을 보고 아무도 슬퍼하지 않았습니다. 낙화의 비애 때문이 아닙니다. 이 세상에는 꽃들이 지천으로 널려 있지만, 나는 아직 내 화병에 꽂을 만한 빛깔과 향기를 찾아내지 못했습니다. 나는 오늘 밤, 얼음처럼 차가운 내 방의 낡은 화병을 닦고 꽃 대신 당신에 대한 미련을 한 아름 묶어서 담아 놓았습니다. 이제 내 방은 당신의 입김으로 가득합니다. 당신의 빛나는 향기 속에서 아침마다 나를 부르는 당신의 목소리가 되살아납니다. 나는 이제 죽는 날까지, 다시는 화병에 꽃 같은 것은 꽂지 않기로 결심했습니다. 이 지상의 어느 꽃도 당신보다 더 향기로울 수 없다는 것을 비로소 깨달았기 때문입니다.

홀로 있는 그대

그대여
홀로 있음을 서러워 마라
영혼의 갈피갈피마다
내 마음 햇살처럼
눈부시게 스며드노니
그대여
홀로 있음을 괴로워 마라
내 마음 봄바람 되어
들꽃처럼 향기로운 그대 영혼
춥지 않게
봄볕 같은 사랑으로
살포시 감싸 안고 있으리니

그대

그대, 나이 스무 살 적
라일락 향기로 다가와서
메마른 가슴 흥건히 적셔놓고
미혹의 안개 속으로
나를 밀어 넣었지

내 나이 낙엽 되었을 때
진홍빛 미망의 그리움으로
내 마음 어질어질 흔들어놓고
그대, 푸르른 달빛 속으로
흔적 없이 날아가버렸지

귀로 들을 수 없는 소리

바람 부는 날, 유년 시절 노랫소리
불면의 기나긴 밤 고향 대바람 소리
홍수 난 새벽녘 영산강 우는 소리
소식 없이 떠나간 그대 발자국 소리
망월동 영령들의 한 서린 통곡 소리
하늘에서 들려오는 어머니 한숨 소리
헤어진 친구들이 애타게 부르는 소리
이슬 머금은 꽃들이 속삭이는 소리
깊은 밤 창가에 달빛 내리는 소리
사랑하는 사람의 가슴 뛰는 소리

불면의 밤

잠이 오지 않는 밤에는
알사탕 같은 생각 핥으며
단맛 즐길 수 있어 좋다
시간과 장소의 벽 허물고
눈 감은 채 긴 여행 떠난다
가 보고 싶은 곳 다시 가고
헤어진 사람도 만날 수 있다
깊이 가라앉은 시간의 앙금 속
밑바닥에서 기억들 건져 올리며
달콤한 여행 끝내고 나면
어느덧 꿈틀대는 영혼의 날개
어둠 속에 촉촉하게 젖은 채
나는 오늘도 깊은 바다 속으로
끝없이 침잠한다

고향의 조약돌

오랜만에 고향에 갔다가
유년 시절 멱감았던 냇가에서
조약돌 하나 꼭 쥐고 돌아와
책상 위에 놓았습니다
흔한 돌멩이인데도
반질반질 빛이 났고
불을 끄고 누워 있으면
망각의 어둠 속에서
쨍각쨍각 시계 소리가
가슴을 파고들었습니다
비바람 맞으며 부대껴 온 삶
딩굴고 부딪혀 온 시간 속에서
아직도 꿈을 꾸고 있을까요

잊히지 않는 사람

만나면 만날수록
마음 떨리는 사람이 있다
뽀짝 더 다가가고 싶기 때문이다
세월이 흐를수록
잊히지 않는 사람이 있다
상처가 너무 깊거나
그리움이 되살아나기 때문이다
생각하면 할수록
자꾸 멀어져가는 사람이 있다
추억의 뿌리를 내리지 못했거나
이미 상처가 아물었기 때문이다

꿈꾸는 대로 살 수 있다면

꿈꾸는 대로 살 수만 있다면
빈 몸으로 고향에 돌아가
숲속의 새들과 친구 되어
함께 노래 부르며 늙고 싶네

꿈꾸는 대로 살 수만 있다면
아무도 없는 깊은 산골에서
지붕도 없는 초막 하나 짓고
별이 빛나는 세상 꾸미고 싶네

꿈꾸는 대로 살 수만 있다면
오래전에 헤어졌던 친구들
한 사람씩 내 서재로 초대해
커피 한 잔 내려주고 싶네

꿈꾸는 대로 살 수만 있다면
우물 안 개구리가 되어
눈물 커지도록 하늘 쳐다보다
혼자 조용히 잠들고 싶네

나는 사람이다

꽃은 무더기로 바람에 쓰러져도
서로에게 상처를 주지 않고
별은 자신보다 반짝이는 이웃
미워하거나 시샘하지도 않고
강물은 이슬처럼 맑을지라도
세상의 더러움 다 받아들이고
참새는 제비와 한집에 살면서
쪼아대거나 얕잡아 보지 않는다
내가 꽃과 강물을 닮으려면
얼마나 더 마음을 닦아야 할까

어둠 속의 나

나는 내 안의 어둠 속에 갇혀 있다
출구가 없는 터널은 끝없이 멀다
겹겹이 쌓인 시간의 절망 속에서
뜬눈으로 그리움을 더듬는다
다시 찾아올 사람을 기다리며
눈부시게 푸른, 그대 아침에
한 방울 찬 이슬로 깨어나기 위해

나 죽기 전에

나 죽기 전에, 아들 딸 손자들 모두 모여 함께 아침 먹고

나 죽기 전에, 손자들 생일날 인생의 좌표 될 편지 써주고

나 죽기 전에, 6·25 때 피난살이했던 비금도에 다시 가
보고

나 죽기 전에, 나만의 카페에서 문인들에게 커피 내려
주고

나 죽기 전에, 혼자서 이어폰 꽂고 쇼팽의 녹턴 천 번 듣
고

나 죽기 전에, 자가용 몰고 아내와 우리나라 한 바퀴 돌고

나 죽기 전에, 로봇과 인간이 사랑하는 연애소설 한 권
쓰고

나 죽기 전에, 꽃 이름 풀 이름 나무 이름과 내력 다 알
아보고

나 죽기 전에, 시상詩想 떠올리며 나비처럼 날아가고 싶다

시인의 말

강의 세상이 오기를 기다리며

– 나의 삶 나의 시에 대하여

나의 시적 뿌리는 다형 김현승 선생님으로부터 비롯되었고 시적 자양분은 내 삶의 체험적 이야기에서 비롯되었다. 언젠가 송수권 시인은 "문순태의 시에는 이야기가 있다"고 했고, 절친 이성부 시인은 "문순태 시는 슬픈 고향 이야기에 뿌리를 내리고 있다"고 했다. 맞는 말이다. 내 문학은 내가 살아온 삶의 체험적 이야기가 중심을 이루고 있음을 부인할 수 없다. 따라서 삶을 통해 구체적으로 체험하지 않는, 판타지나 실험적 이야기 또는 초현실적인 내용은 내 문학과 거리가 멀다. 아마도 그것은 1939년생인 내가 겪은 해방공간에서부터 6·25와 5·18광주항쟁 등, 아픈 역사적 체험으로부터 자유롭지 못하기 때문일 것이다. 이 때문에 나는 비현실적 이야기를 통해 가식적으로 시적 이미지를 만들지 못한다. 시적 이미지의 원천인 상상력 역시 내가 보고 느끼고 냄새 맡고 겪었던 사실로부터 비롯된다.

나는 1958년 광주고등학교 2학년 때 이성부와 함께 김현승 시인을 처음 만나게 되면서부터 시의 씨앗을 잉태했다고 말할 수 있다. 그 후 일요일마다 광주 양림동으로 김현승 시인을 찾아가, 선생님께 습작시를 보이고 시에 대한 이야기를 들을 수 있었다. 그 무렵 나는 시집 『김현승 시초』를 들고 다니면서 큰 소리로 달달 외우다시피 했으며, 선생님한테 들었던 라이너 마리아 릴케와 T. S. 엘리엇의 시를 접할 수 있었다. 아리스토텔레스의 『시학』을 처음으로 접할 수 있었고 그 무렵에 번역되어 나온 C. D. 루이스의 『시학 입문』(장만영 역)을 밑줄 그어가며 읽었다. 『시학 입문』 서문에 "누가 나에게 당신은 왜 시를 씁니까 하고 물을 때마다, 나는 무지개가 있는 세상에서 살고 싶기 때문에 시를 쓴다고 대답한다"라는 대목에서 많은 생각을 하게 되었다. 무지개는 먼지와 물방울이 만나서 만들어지는 단순한 물리적 현상일 뿐인데, 무지개가 있는 세상에서 살고 싶다는 것은 무슨 의미인가 하고 생각했다. 그리고 무지개란 이상, 희망, 자유, 꿈과 같은 것이라고 유추하기에 이르렀다. 나는 곧 무지개가 있는 세상과 무지개가 없는 세상에 대해 생각하게 되었다. 시가 곧 무지개와 같다는 것을 알았다. 그리고 시인은 무지개가 뜨는 세상을 만드는 존재라고 생각했다. 무지개는 대기가 오염된 환경에서는 뜰 수 없다. 뿐만 아니라 자유나 평화 인권 등 민주적 삶이 보장되지 않는 사회에서도 무지개는 뜨지 못한다.

김현승 선생님은 구체적으로 시작법에 대해 이야기하지

않았다. 시란 무엇이며 어떤 시가 좋은지에 대한 이야기를 했을 뿐이다. 나는 김현승 선생님을 통해서 시인이란 어떤 존재인가를 파악하게 되었고 무지개 같은, 그리고 무지개를 뜨게 만드는 시인의 삶을 동경하게 되었다. 가까이에서 시인을 만나 함께 숨 쉬면서 그 아름다운 존재의 향기를 맡을 수 있는 것만으로 하루하루가 행복했다. 그러나 내가 전남대 철학과에 입학하자 선생님은 숭실대 교수로 광주를 떠나고 말았다. 시인의 향기에 목이 마른 나는 2학년을 마치고 선생님이 재직하고 있는 숭실대로 전학했다. 숭실대 3학년 때 내 시「누이」가 숭대문학상에 당선되었고 이듬해인 4학년 때 선생님이『현대문학』에 내 시를 추천해주어서 대학생 시인이 되었다.

나는 언제나 시란 무엇이며 좋은 시란 어떤 시인가에 대해 생각해 본다. 소박한 내 생각으로 시란 영감을 통해 얻어진 이미지를, 절제되고 압축된 시적 언어를 통해 비유적으로 형상화하는 것이라고 믿고 있다. 따라서 좋은 시란 살아 있는 생명체와 같다고 생각한다. 이미지나 선택된 언어가 서로 유기적인 호흡을 하며 움직이는 생명체만이 감동을 줄 수 있다. 억지로 이미지를 만들어 기계적으로 일상적인 언어를 조립하는 시는 아무런 공감이나 감흥을 불러일으키지 못한다.

나는 1970년대에 들어서 시를 멀리하고 소설을 쓰기 시작했다. 물론 고교 시절에 시와 소설을 같이 썼고 고등학교를 졸업하던 해인 1960년도에는 〈농촌중보〉 신춘문예에 소설 「소나기」가 당선되기도 했기 때문에, 소설 창작이 크게 낯설지는 않았다. 시에서 소설로 바꾸게 된 첫 번째 동기는 나를 불안하게 만든 시대적 상황 때문이었다. 나는 〈전남매일〉 정치부장 재직 시절인 1972년 독일 뮌헨대학 부설 괴테 인스티튜드에서 1년간 독일어 어학과정을 이수했다. 귀국해보니 비상조치에 의해 유신헌법 제정과 함께, 국회가 해산 되어 헌정 중단 사태에 이르고 말았다. 이에 전국 각지에서 박정희 독재를 반대하는 시위가 치열하게 전개되었으며 언론의 자유가 박탈되었다. 기사를 제대로 쓸 수 없는 시대가 되자, 크게 절망한 나는 신문기사 대신 소설로 사회상황을 비판하고 사회적 모순을 고발하고 싶었다. 동물원에 갇혀 있는 호랑이가 탈출하여 도시를 공포에 떨게 한 「호랑이 탈출」이라는 소설을 썼다. 당시 불안하고 공포스러웠던 사회를 상징하는 내용이었다. 이 작품을 들고 '창작과 비평사'로 갔다. 염무웅 씨가 내 작품을 읽고 상징성이 너무 강하다면서, 현실적 이야기에서 문학적 주제를 드러내도록 하라는 충고를 했다. 나는 그 후, 김동리 선생님을 찾아다니며 소설을 보여드렸고 두 번째 소설 나라를 잃은 백제 유민들의 비극적 삶을 그린 「백제의 미소」가 『한국문학』 신인상에 당선되었다.

두 번째 이유는 6·25 때 억울하게 죽어간 고향 사람들의 원혼을 달래기 위해 진혼곡을 불러주고 싶었다. 나는 초등학교 5학년 때 6·25를 만났다. 우리 마을은 무등산과 백아산 사이에 있어, 1950년 초겨울부터 1952년까지 공비토벌작전지역이 되었다. 마을이 모두 불태워졌고 주민들은 소개疏開되어 고향을 떠날 수밖에 없었다. 그러나 상당수는 고향을 떠나지 않고 불타버린 집터나 산자락에 움막이나 토굴을 파고 살았다. 그리고 빨치산과 토벌대 사이에 치열한 전투가 계속되는 동안 많은 마을 사람들이 죽임을 당했다. 낮에는 토벌대가 진을 치고 전투가 계속되었고 밤이면 빨치산의 세상이 되었다. 밤이 되어 빨치산들이 내려와 먹을 것을 가져갔고 다시 날이 밝으면 빨치산을 도왔다는 이유로 토벌대에 끌려가 곤욕을 치렀다. 이 과정에서 많은 사람들이 고통을 겪었으며 희생되었다. 이념을 위해 싸우다 죽는 일은 떳떳할 수도 있겠지만 무이념적 인간들이 억울하게 죽어야 하는 것은 비극이었다. 이때 죽어간 고향 사람들의 한 맺힌 통곡이 나를 괴롭혔다. 그들의 원혼을 달래주고 진혼곡을 불러주기 위해 소설로 그들의 이야기를 해주지 않고는 살아갈 수 없을 만큼 괴로웠다.

세 번째는 노비들의 삶을 이야기하고 싶었다. 나는 1960년대 초부터 〈전남매일신문〉에 '종가'라는 제목으로 전라도 소재 종가宗家를 취재·연재했다. 그때 나주의 한 종가에서 종문서를 보았다. 1886년 노비세습제가 풀려 종들이 자유로운 몸이 될 수 있었다. 나주의 종가댁 할머니가 내게 종문서를 보여주었다. 종문서를 주며 자유의 몸이 되었으니 떠나라고 했지만 많은 노비들은 내쫓지 말라고 울면서 노비문서를 받지 않았다는 것이었다. 이때부터 나는 노비에 대한 관심을 갖기 시작했다. 한때 조선조 때 노비는 전체 인구의 40%나 되었으며 많을 때는 50%에 이르렀다는 기록을 보고 놀랐다. 노비에 대해 나름대로 관심을 갖고 자료를 수집했다. 결국 자유의 몸이 된 무지렁이 노비들이 점점 세상에 눈을 떠 자존을 파악하고 여럿이 모여 힘을 발휘, 세상을 바꿔나가며 중심에 서게 되기까지의 과정을 소설로 쓰고 싶었다. 노비들이 민중의 중심으로 발전하여 역사를 바꾸는 이 소설이 대하소설 『타오르는 강』(전9권)이다.

53년 동안의 도시 삶에서 메말랐던 내 감성은 고향에 돌아가자 폭발적으로 타오르기 시작했다. 나는 2006년 대학에서 정년을 마치자 광주를 떠나 무등산 새끼발가락 쯤에 해당되는 생오지 마을로 들어갔다. 생오지는 그 무렵 휴대폰도 터지지 않는 깊숙한 골짜기 마을로 완전한 사운드 스케이프 공간이었다. 생오지로 들어가 원초적 자연과 함께 하면서부터 주체할 수 없을 정도로 시상이 춤을 추었다. 잊힌 풀과 꽃과 나무 이름 새 이름이며, 유년의 기억들이 떠오르면서 원초적 감성이 폭발했다. 손톱만 한 코딱지꽃과 같은 작은 꽃이나 눈썹만 한 풀잎을 통해 우주를 느낄 수가 있었다. 그리고 때 묻지 않은 인간 본연의 순수한 고향 사람들의 모습을 통해 삶의 진정성을 발견할 수가 있었다. 이 같은 변화 속에서 감성이 샘솟고 시어가 춤을 추는 바람에 시를 쓰지 않을 수가 없었다. 생생하게 살아 있는 자연의 언어며 때 묻지 않은 사람들의 생각, 행위, 대화, 삶의 모습들이 모두 시가 되었다.

나는 생오지 삶을 시작한 지 7년 만인 2013년에 첫 시집 『생오지에 누워』를 펴냈고 2018년에 두 번째 시집 『생오지 생각』을, 2023년에 세 번째 시집 『홍어』를 세상에 내놓았다. 그리고 이번에 네 번째 시집 『타오르는 영산강』을 펴내게 되었다.

나는 첫 번째 시집 『생오지에 누워』를 펴내면서 「소설이 시가 되어 하는 말」이라는 자서를 통해, "나에게 소설이 논과 밭이라면 시는 꽃밭이다"라고 쓰면서 "그동안 내 깜냥에는 고향의 산자락 묵정밭을 열심히 일구어 소설 농사를 지어왔으나, 나이가 들수록 시심이 강파른 내 가슴을 몸살 나도록 쥐어뜯고 흔들어댔다… 이제 다 늙어서야 논밭에 곡식 대신 꽃씨를 뿌리고 싶다"라고 썼다. 그리고 두 번째 시집 『생오지 생각』에서 「시로 마지막 길 찾기」라는 자서를 통해 "나는 마지막 길목에서 이 세상 모든 것들과 감통感通하며 사랑하기 위해 시를 쓰고 있는 것인지도 모른다"고 했다. 또 "시란 무엇인가"에 대한 답으로 "사람과 사람, 사람과 자연을 깊게 통찰하여 말과 생각과 행위 하나하나에서 의미를 찾아내는 것"이라고 했다. 또한 세 번째 시집

『홍어』에서는 나름대로 발효(醱酵)의 미학과 함께 내 삶을 총체적으로 반추해 보고 싶었다. "어쩌면 발효는 오랜 시간 암흑 속에서 고통과 서러움의 내적변화 과정을 통해 거듭남을 의미하는 것은 아닐까. 사람도 고통을 통해서 숙성되어야 더 깊고 따뜻하고 웅숭깊은 인간애를 느낄 수 있는 것처럼"이라고 하면서 100편의 홍어 시를 통해, 홍어라는 물고기와 사람의 거듭남에 대해 생각해 보았다.

이번 네 번째 시집에서는 18년 만에 생오지를 떠나 나주로 옮겨 온 후, 영산강에 대한 소회를 표현해 보았다. 무등산이 나의 생태적 고향이라면 영산강은 내 졸작 소설『타오르는 강』의 고향으로, 나는 작품의 고향을 따라 영산강으로 옮겨 온 셈이다. 요즘 나는 생명력이 넘치는 영산강을 통해 많은 영감을 받고 있다. 영산강의 흐름을 따라서 내 삶의 마지막 길을 걷고 싶은 것이다. 이는 인생의 정리가 아니라 인생의 완성으로 생각하고 있다.

강은 높고 낮음이 없는 수평세상(水平世上)을 이루고 높은 곳보다 낮은 세상을 지향하고 비어 있는 것들을 가득 채우는 속성을 지니고 있다. 나는 종일 영산강을 바라보기도 하고 강을 건너고 영산강변을 거닐면서, 강의 흐름을 통해 또 다른 자아를 발견할 수가 있게 되었다. 새벽에 일어나 영산강물 흐르는 소리에 귀를 기울여 보기도 한다. 거대한 생명체인 영산강은 날씨와 바람에 따라 수시로 빛깔과 소리와 흐름의 속도가 달라진다. 졸작 대하소설『타오르는 강』에서 주인공 웅보가 영산강이 우는 소리를 듣고 싶었던 것처럼 나 또한 강이 우는 소리를 듣고자 강과 하나 되기를 원했다. 웅보가 들었던 것이 억울하게 죽은 노비들의 한(恨) 맺힌 울음이었다면 내가 들은 소리는 인위적으로 흐름을 막아 답답해서 토하는 영산강의 아우성일지도 모른다. 1부의 시들은 「새끼내 웅보」처럼 소설 『타오르는 강』을 쓸 당시 느꼈던 시상들을 정리한 것들과 2024년 영산포로 이사 온 후에 쓴 시들이다.

영산강은 마지막 내 삶에 무한한 상상력을 불러일으켜 주었다. 오래전에 읽었던 팀 보울러 소설 『리버 보이』에서 손녀 제시가 만난 소년(소년 시절의 할아버지)이 된 기분이기도 하다. 죽음을 앞두고 고향에 있는 강의 그림을 완성시키기 위해 할아버지를 따라 온 손녀는 신비한 한 소년을 만나는데, 그 소년은 바로 과거의 할아버지였던 것이다. 나도 영산강에 온 후부터 소설 속에서 할아버지가 변신한 소년이 된 기분이다. 나는 영산강의 흐름을 통해 80 평생의 내 삶의 흔적들을 반추해 보았고 그 과정을 시로 표현해 보았다.

『타오르는 영산강』의 1부 「영산강에 와서」를 비롯한 22 편은 영산포로 옮겨온 후, 강에서 얻는 시상을 정리한 시들이고, 2부 '홍어' 는 세 번째 시집 『홍어』 이후에 쓴 홍어 시들이며, 3부 '시간의 끝'에서는 내 삶의 흔적들을 돌아본 것, 4부 '5월의 그대'는 젊었을 때 써두었던 연시들을 모아

본 것들이다.

전라도 사람들 마음속에는 영산강이 흐른다. 전라도 사람들의 핏줄과도 같은 영산강은 한과 희망을 안고 흐른다. 슬픔과 기쁨, 절망과 희망, 빛과 그림자를 안고 흘렀고 지금도 그렇게 흐르고 있다. 그래서 영산강은 꺾일 줄 모르는 전라도의 힘이 되었다. 영산강과 함께 흘러온 전라도 사람들의 한은 좌절과 체념의 한숨이나 피해자의 넋두리가 아닌, 삶의 의지력이고 생명력이며 빛나는 희망이다.

나는 영산강이 되살아나고, 진정으로 강의 세상이 오기를 기다리며 이 시집을 펴낸다.

2024년 9월 영산포에서
문순태

타오르는 영산강

초판1쇄 찍은 날 | 2024년 9월 26일
초판1쇄 펴낸 날 | 2024년 10월 4일

지은이 | 문순태
펴낸이 | 송광룡
펴낸곳 | 문학들
등록 | 2005년 8월 24일 제2005 1-2호
주소 | 61489 광주광역시 동구 천변우로 487(학동) 2층
전화 | 062-651-6968
팩스 | 062-651-9690
전자우편 | munhakdle@daum.net
블로그 | blog.naver.com/munhakdlesimmian

ⓒ 문순태 2024
ISBN 979-11-91277-99-9 03810